KB198386

이빨X

부리X
발굽X

버섯식료

다리X

춘천교대 대학원 아동문학과를 졸업하고, 어린이책작가교실에서 동화를 공부했습니다. 2021년 전남매일 신춘문예에 당선되었고, 같은 해에 제1회 비룡소 리틀 스토리킹을 수상했습니다. 지은 책으로 〈엉뚱한 기자 김방구〉 시리즈 《겜블록스 월드》《버려 버려 스티커》《드롭 더 비트》 등이 있습니다.

대학에서 애니메이션을 전공했고, 그림책 작가와 일러스트레이터로 활동 중입니다. 따뜻하고 유쾌한 그림으로 어린이들의 상상력을 자극하는 것을 좋아합니다. 쓰고 그린 책으로 《우주 택배》《해파리 버스》가 있으며, 그린 책으로 《수상한 알약 티롤》《수박 행성》《그때, 상처 속에서는》 등이 있습니다.

부리 엑스

1판 1쇄 인쇄 | 2024. 11. 12.
1판 1쇄 발행 | 2024. 11. 26.

주봄 글 | 이수현 그림

발행처 김영사 | **발행인** 박강휘
편집 문자영 | **디자인** 김민혜 | **마케팅** 서영호 | **홍보** 조은우 육소연
등록번호 제 406-2003-036호 | **등록일자** 1979. 5. 17. | **주소** 경기도 파주시 문발로 197(우10881)
전화 마케팅부 031-955-3100 | 편집부 031-955-3113~20 | 팩스 031-955-3111

값은 표지에 있습니다.
ISBN 979-11-94330-88-2 73810

좋은 독자가 좋은 책을 만듭니다. 김영사는 독자 여러분의 의견에 항상 귀 기울이고 있습니다.
전자우편 book@gimmyoung.com | 홈페이지 www.gimmyoung.com

|**어린이제품 안전특별법에 의한 표시사항**| **제품명** 도서 **제조년월일** 2024년 11월 26일
제조사명 김영사 **주소** 10881 경기도 파주시 문발로 197 **전화번호** 031-955-3100 **제조국명** 대한민국
사용 연령 8세 이상 ▲**주의** 책 모서리에 찍히거나 책장에 베이지 않게 조심하세요.

부리 엑스

주봄 글 · 이수현 그림

주니어김영사

차 례

그 엑스가 숲속 전체를
뒤덮을 줄은 아무도 몰랐지요.

부리 엑스

　오늘따라 숲속 마을이 시끌벅적했어요. 숲속 마을에서 운동회가 열렸거든요. 동물들은 널따란 풀밭에서 달리기도 하고, 줄다리기도 하고, 공굴리기도 했어요. 그리고 운동회가 끝난 뒤에는 언제나처럼 모두 돼지네 숲속 카페로 모였지요.

　돼지네 숲속 카페는 오늘도 반짝였어요. 깔끔한 돼지 사장이 부지런히 여기저기를 쓸고, 또 닦았거든요. 물걸레질한 마룻바닥은 미끄러질 정도로 윤이 났고,

줄을 맞춘 탁자들은 거울처럼 얼굴이 다 비쳤어요.

딸랑딸랑.

카페 대문에 달린 종이 경쾌하게 울렸어요. 방울뱀과 코알라가 들어와 카페 구석 창가에 앉았어요. 돼지는 반짝이는 탁자를 한 번 더 닦은 뒤, 주문받은 포도 주스를 내려놓았어요. 방울뱀이 컵 안 가득 담긴 포도 주스를 가리키며 말했어요.

"내년에는 운동회 때 주스 먹기 시합도 하자. 빨리 먹기 말고, 재미있게 먹기로 말이야."

방울뱀은 기다란 혓바닥으로 포도 주스를 날름날름 핥았어요. 주스 방울이 튀기며 사방으로 흩어졌어요. 돼지는 쏜살같이 달려와 쓱쓱 싹싹 행주질을 했어요. 코알라는 배를 잡고 깔깔대다 주스 컵을 넘어뜨렸어요. 돼지는 또 부리나케 달려가 행주질을 했어요. 행주를 훔치는 돼지 얼굴에서 땀 한 방울이 똑 떨어졌어요.

딸랑딸랑.

카페 대문에 달린 종이 또다시 울렸어요. 이번에 들어온 손님은 딱따구리였어요. 탁자를 닦던 돼지 이마에 11자로 주름이 갔어요. 돼지는 딱따구리가 올 때마다 늘 신경이 곤두섰어요. 특히 딱따구리의 뾰족한 부리가 계속 눈에 거슬렸지요.

딱따구리는 카페 한가운데 나무 탁자 앞에 앉았어

요. 오늘도 딱따구리는 카페에 들어오자마자 뾰족한
부리로 탁자를 딱딱 쪼았어요.

"바나나 주스 한 잔이요."

돼지는 탁자 위, 나뭇가루를 털어내며 말했어요.

"여기, 벨이 있잖아."

"미안⋯⋯. 벨을 누르는 것보다 부리로 쪼는 게 더
편해서 말이야."

딱따구리는 대충 사과를 하고 옆에 있던 다람쥐랑
깔깔대며 떠들었어요. 돼지는 딱따구리 뒤통수를 쌔
려보았어요. 딱따구리는 하나도 미안해 보이지 않았
거든요. 그럴 만도 했어요. 사실 딱따구리는 잔뜩 신
나 있었어요. 오늘 나무 쪼기 대회에서 1등을 했거든
요. 딱따구리가 벌떡 일어나 뾰족한 부리를 치켜들며
말했어요.

"너희들 아까 내가 나무 쪼는 거 다 봤지? 여기서
한 번 더 보여 줄까?"

딱따구리는 카페를 날아다니며 여기저기 쪼는 시늉을 했어요. 엄청나게 빠르고 힘찬 고갯짓이었어요. 동물들은 손뼉을 쳤어요. 하지만 돼지는 눈꼬리가 점점 위로 솟았어요. 동물들 환호가 커질수록 딱따구리도 고갯짓이 점점 더 세졌어요. 그러다 어느 순간, 부리가 진짜로 바닥에 닿기 시작했어요. 돼지는 소리쳤어요.

"안 돼! 그만해."

하지만 돼지 목소리는 동물들의 박수 소리에 가볍게 묻히고 말았어요. 신이 난 딱따구리는 장식장이랑 의자, 창문까지 쪼았어요.

"잘 봐. 이번엔 저 선반이야."

딱따구리가 천장 밑 선반으로 호로록 날아갔어요. 동물들은 모두 고개를 들고 딱따구리를 쳐다봤어요. 선반 위에는 설탕, 꿀, 시럽들이 있었어요. 딱따구리는 흡 하고 크게 숨을 들이마셨어요. 그리고 그 어느 때보다 힘차게 고개를 앞뒤로 흔들기 시작했어요.

따다다닥 딱딱딱딱.

나무 쪼는 소리가 온 카페에 울려 퍼졌어요. 박수 소리는 숲속을 울릴 만큼 커졌고요. 돼지의 분홍 얼굴이 동백꽃만큼 빨개졌어요. 돼지는 목이 찢어지라 소리쳤어요.

"안 돼! 멈춰. 멈추라고!"

하지만 이미 늦었어요.

우당탕 와그르르.

선반이 부서지며 물건들이 쏟아졌어요. 설탕 가루

가 날리고 온 사방에 꿀이 뚝뚝 떨어졌어요. 소파, 탁

자, 의자, 마루까지 온통 끈적끈적해졌어요. 먼지 한 톨 없던 카페가 순식간에 엉망이 되었어요. 동물들은 그 자리에서 얼음이 되었어요. 사슴은 하얀 설탕을 뒤집어썼고, 너구리 아줌마 머리는 꿀범벅이 되어 있었어요. 모두가 멈춘 바로 그때였어요. 돼지가 두 주먹을 불끈 쥐고 소리쳤어요.

"도저히 못 참겠다. 이제부터 우리 카페는 부리 엑스야!"

돼지 말에 동물들이 고개를 갸웃거렸어요.

"부리 엑스?"

모두 처음 듣는 말이었어요.

너도 엑스

돼지는 창고에서 빨간 페인트를 꺼내 왔어요. 그러고는 넓적한 붓으로 대문에 이렇게 적었어요.

부리 X

뽀얀 설탕을 뒤집어쓴 딱따구리가 날개를 털어 내며 물었어요.

"부리 엑스? 그게 뭐야?"

그러자 돼지가 딱따구리 앞에 서서 두 팔을 엇갈아

엑스 자를 만들었어요.

"부리 엑스. 이제부터 부리가 있는 동물은 우리 카페에 못 들어와. 그러니까 넌 지금 당장 나가."

돼지 말에 동물들은 두 눈이 동그래졌어요. 부리가 있는 동물은 못 들어온다니요? 숲속 마을 어디에도 이렇게 괴상한 법칙은 없었어요. 하지만 가장 놀란 건 딱따구리였어요. 딱따구리가 꽁지깃을 바짝 세우고 말했어요.

"세상에 그런 말도 안 되는 법이 어디 있어? 부리가 있는 게 뭐가 어때서?"

"부리가 뭐 어떠냐고? 지금 여길 이 꼴로 만들어 놓고도 그런 말이 나와?"

돼지가 팔짱을 끼고 딱따구리를 노려보았어요. 딱따구리도 돼지를 노려보았지요.

"그래서 나더러 지금 여기서 나가란 말이야? 그깟 선반 하나 부순 것 때문에? 딱따구리는 원래 나무 쪼기를 좋아해. 이 정도는 이해해 줘야지."

딱따구리가 목소리를 높이자 돼지는 목소리를 더
크게 높였어요.

"그깟 선반이라니? 너 이 선반이 얼마나 귀한 건 줄
알아? 기린 할아버지가 백 년 된 고목으로 만들어 준
거라고."

"그럼 내가 할아버지한테 다시 만들어 달라고 하면 될 거 아니야."

"뭐라고? 선반뿐만이 아니야. 이 끈끈한 설탕과 꿀은 누가 다 닦으라고?"

"돼지 넌 원래 청소를 좋아하잖아."

"청소를 누가 좋아해? 깨끗한 게 좋으니까 힘들어도 하는 거지!"

양쪽 목소리가 하늘을 찌를 듯이 높아졌어요. 보다 못한 종달새가 둘 사이로 호로록 날아들었어요.

"돼지야, 그래도 이건 너무하잖아. 우리가 같이 청소를 도울게."

그러자 돼지가 이번엔 종달새 앞에 두 팔을 엇갈아 엑스 자를 겨누었어요.

"지금 너도 부리가 있다고 편을 드는 거야? 부리 엑스. 너도 부리가 있으니까 여기서 당장 나가."

종달새는 자기 몸보다도 커다란 엑스 자에 움찔하

며 뒷걸음질했어요. 딱따구리가 소리쳤어요.

"뭐라고? 종달새는 또 무슨 잘못인데?"

"부리가 있는 동물은 모두 같은 말썽쟁이야. 앞으로도 탁자나 의자 같은 걸 부리로 망가뜨릴지 모르잖아. 지금도 카페 곳곳에 흠집이 얼마나 많은데. 그러니까 이번 기회에 다 같이 엑스야."

카페에 있던 새들은 말도 안 된다며 날개를 푸드덕거렸어요. 다른 동물들도 한마디씩 했어요.

"그래도 이건 너무 심하잖아."

"그러게 말이야."

그러자 돼지가 탁자 위로 훌쩍 올라서더니 말했어요.

"너희들도 잘 들어. 분명히 말하지만 난 부리가 싫어. 오늘부터 더 싫어졌다고. 여기는 내 카페니까 내 마음대로 할 거야. 그게 싫은 동물들도 모두 다 엑스야!"

돼지가 두 팔과 다리를 벌려 커다란 엑스 자를 만

들었어요. 순식간에 카페 안이 조용해졌어요. 누구든 돼지 마음에 들지 않으면 엑스 자를 받고 쫓겨날지 몰랐어요. 동물들은 더 이상 아무 말도 하지 못했어요. 엑스도 싫었지만, 엑스를 받는 건 더 싫었으니까요. 딱따구리가 씩씩대며 말했어요.

"쳇, 우리가 뭐 여기 아니면 갈 데가 없는 줄 알아? 우리도 치사해서 다시는 안 올 거야."

결국 딱따구리는 카페에서 나갔어요. 종달새, 공작새, 비둘기도 함께 나갔어요. 동물들은 돌아서는 새들을 흘끔거렸지만, 누구도 먼저 나서지는 않았어요. 왜냐하면, '부리 엑스'였기 때문이에요.

어쩔 수 없는 엑스

    돼지는 밤새도록 카페를 청소했어요. 마루 위 설탕 가루를 모두 다 쓸어 내고, 끈적해진 탁자와 소파를 깨끗이 닦았어요. 돼지는 다시 반짝반짝해진 카페를 보자 마음이 편안해졌어요. 하지만 세수하려고 화장실에 들어간 순간, 또다시 깜짝 놀라고 말았어요. 카페는 깨끗해졌지만, 돼지의 얼굴은 엉망이었거든요. 특히 잔뜩 헝클어진 머리카락이 마음에 안 들었죠. 돼지는 고슴도치 아저씨네 미용실로 갔어요. 아무리

피곤해도 지저분한 얼굴을 그냥 둘 순 없으니까요.

　딸랑딸랑.

　미용실 대문에 달린 솔방울 종이 경쾌하게 울렸어
요. 그런데 가벼운 발걸음으로 들어가던 돼지가 갑자
기 그 자리에 딱 멈췄어요. 의자에 딱따구리가 떡하
니 앉아 있었거든요.

　딱따구리는 돼지를 째려보고 있었어요. 딱따구리
와 눈이 마주치자 돼지는 또 화가 났어요. 밤새도록
카페를 쓸고 닦느라 아직도 팔다리가 뻐근했거든요.
돼지는 딱따구리를 한 번 더 골려 주고 싶었어요. 그
래서 고슴도치 아저씨한테 일부러 큰 소리로 이렇게
물었지요.

　"아저씨, 저는 다음에 다시 올게요. 여기는 부리가
있어서요."

그러자 고슴도치 아저씨가 가위질을 멈추고 물었어요.

"부리? 그게 뭐가 어때서?"

"아저씬 아직 모르세요? 부리가 있는 동물은 모두 말썽쟁이에 위험하기까지 하다고요."

그러자 딱따구리가 발끈하며 일어났어요.

"이번엔 왜 가만있는데 시비를 걸고 그래? 오늘은 또 부리가 뭘 어쨌는데?"

돼지는 딱따구리 말엔 상대도 않고 아저씨에게 말했어요.

"아저씨도 어제 우리 카페에서 무슨 일이 있었는지 들으셨죠? 만약 선반이 무너졌을 때, 아기 오소리라도 깔렸다면 어땠겠어요? 부리는 정말 위험해요. 언젠가는 저 뾰족한 부리에 다른 동물들이 찔려 다칠 수도 있고요."

돼지는 딱따구리가 얄미워 그냥 생각나는 대로 아무렇게나 말을 지어냈어요. 그런데 이상한 일이 일어났어요. 미용실에 있던 몇몇 동물들이 고개를 끄덕이기 시작한 거예요.

"그러게, 듣고 보니 맞는 말이네."

"맞아, 생각해 보니 그것도 그래."

딱따구리는 얼굴이 벌게졌어요.

"너희들 갑자기 왜 그래? 부리가 위험하다니. 지금껏 함께 잘 지내 왔잖아."

하지만 이미 동물들 마음은 기울어졌어요. 두더지

는 딱따구리에게서 한 걸음 물러섰고, 엄마 오소리는 자기 등 뒤로 아기 오소리를 숨겼어요. 그러자 고슴도치 아저씨가 가위를 내려놓더니 한숨을 푹 쉬었어요.

"딱따구리야, 미안하지만 나가 줄 수 있겠니? 손님들이 다치기라도 하면 나도 같이 책임져야 해. 문제가 아주 복잡해진다고."

딱따구리는 날개를 푸드덕거리며 소리쳤어요.

"말도 안 돼요. 미용실에도 뾰족한 가위가 있잖아요. 게다가 아저씨 가시는 부리보다 더 뾰족한데. 그럼, 부리보다 여기가 더 위험한 거 아니에요?"

"글쎄, 그건 그렇지만……."

고슴도치 아저씨가 흠흠 헛기침을 했어요. 딱따구리가 나가지 않자 미용실에 있던 동물들이 슬금슬금 일어났어요. 오소리도, 두더지도 미용실을 나갔어요. 결국 고슴도치 아저씨가 딱따구리에게 말했어요.

"네 말이 사실이래도 어쩔 수 없어. 이제 다른 동

물들은 그렇게 생각하지 않는걸. 나도 미용실을 운영
하려면 어쩔 수가 없어. 숲속에는 부리가 있는 동물
보다 없는 동물이 더 많잖니."

　고슴도치 아저씨는 미용실 대문에 빨간색으로 '부
리 엑스'라고 적었어요. 그리고 제발 나가달라고 애원
했지요. 그런데 그때, 미용실로 걸어오던 종달새랑 비
둘기가 그 모습을 보고 말했어요.

"뭐야? 여기도 또 부리 엑스야?"

"너무해. 이게 다 딱따구리 저 녀석 때문이잖아."

딱따구리가 이번에는 종달새랑 비둘기에게 소리쳤어요.

"이게 왜 나 때문이야? 내가 뭘 그렇게 잘못했는데?"

그러자 종달새랑 비둘기가 발끈하며 말했어요.

"아직도 네가 뭘 잘못했는지 모르겠단 말이야? 사실 그동안 말을 안 해서 그렇지 우리도 지금껏 엄청나게 참았다고."

"맞아. 딱따구리 네가 툭하면 여기저기 쪼아 대는 통에 숲속 곳곳이 얼마나 지저분해진 줄 알아? 게다가 그 딱딱거리는 시끄러운 소리는 또 어떻고!"

종달새와 비둘기가 딱따구리를 째려보았어요. 미용실에 있던 다른 동물들도 딱따구리를 보며 고개를 절레절레 흔들었지요. 딱따구리가 떨리는 목소리로 말했어요.

"난 몰랐어. 내가 그렇게 피해를 주고 있는 줄은 정말 몰랐다고."

딱따구리는 그렁그렁한 눈으로 미용실에서 나왔어요. 돌아서는 딱따구리 뒷모습이 축 처져 있었지요. 돼지는 작아지는 딱따구리 그림자를 보며 생각했어요.

"쌤통이다. 부리만 보면 화가 났는데 아주 잘 됐어."

돼지는 속이 시원하면서도 자꾸만 딱따구리 뒷모습이 눈에 밟혔어요.

공평한 엑스

오늘 돼지는 아침부터 콧노래를 부르며 원숭이네 빵 가게로 갔어요. 원숭이가 향긋한 진달래 케이크를 만들어 동물들을 초대했거든요. 빵 가게로 가는 길 곳곳에는 '부리 엑스' 표시가 있었어요. 악어네 치과에도, 양의 옷 가게에도 '부리 엑스'가 생겼어요. 요즘 숲속엔 '부리 엑스' 표시가 하나, 둘씩 늘어나고 있었어요. 돼지는 어쩐지 자꾸만 그 엑스 표시가 신경이 쓰였어요.

동물들은 다 같이 노래를 부르고 케이크의 촛불을 껐어요. 돼지도 손뼉을 치며 활짝 웃었지요. 돼지는 달콤한 진달래 케이크를 한입 베어 물었어요. 향긋한 진달래 향이 입안 가득 퍼졌어요. 그런데 그때, 무슨 일인지 빵 가게 밖에서 소란스러운 소리가 들려왔어요. 돼지는 궁금한 마음에 창밖을 내다보았어요. 빵 가게 앞에는 오리 가족이 서 있었어요.

"도대체 우리는 왜 못 들어간단 거예요? 오리는 부리 끝이 뭉툭해서 쫄 수도 없다고요."

원숭이가 문 앞에서 오리 가족을 막아서고 있었어요. 팔다리로 커다란 엑스 자를 만들고서요.

"뭉툭해도 부리는 부리지요. 그리고 여긴 부리 엑스 고요."

아기 오리들이 울음을 터뜨렸어요.

"엄마, 우린 그럼 케이크도 못 먹는 거예요?"

"나도 진달래 케이크가 먹고 싶어요."

빵 가게 안에 있던 동물들이 손가락질하며 수군거렸어요.

"아이고, 시끄러워. 이렇게 좋은 날 대체 무슨 소란이야?"

"그러게 말이야. 부리 엑스라고 써 놨으면 얌전히 돌아갈 것이지 정말 부리가 있는 동물들은 말썽쟁이라니까."

돼지는 울고 있는 아기 오리들과 눈이 마주쳤어요. 평소 돼지네 카페에도 자주 왔던 아이들이었어요. 아기 오리들은 돼지를 친형처럼 잘 따랐어요. 갑자기 손에 든 조각 케이크가 무겁게 느껴졌어요.

'이렇게까지 하려던 건 아니었는데…….'

그런데 그때, 씩씩대던 엄마 오리가 창가에 앉은 돼지를 보고 소리쳤어요.

"이게 다 돼지 너 때문이야. 엑스를 받아야 할 건 우리가 아니라 너야!"

빵 가게에 있던 동물들이 한꺼번에 돼지를 쳐다보았어요. 돼지는 갑자기 얼굴이 뜨거워졌어요. 얼른 뭐라고 맞받아치지 않으면 이 모든 게 정말 자기 잘못이 될 것 같았어요. 그래서 돼지는 생각나는 대로 아무렇게나 쏘아붙였어요.

"그게 왜 내 잘못이야? 억울하면 너희도 우리한테 엑스 하면 되잖아."

그러자 동물들이 고개를 끄덕였어요.

"그것참 좋은 생각이네. 그럼, 서로 공평하잖아."

"그래, 그럼 싸울 일도 없고 좋겠네."

동물들이 맞장구치자, 돼지는 그제야 안심이 됐어요. 오리 가족은 어쩔 수 없이 돌아섰어요. 창밖으로 훌쩍이는 아기 오리들의 뒷모습이 보였어요. 돼지는 어쩐지 진달래 케이크가 더 이상 달콤하지 않았어요.

이상한 엑스

부리 엑스는 사라지지 않았어요. 고슴도치 미용실에도, 원숭이네 빵 가게에도 여전히 있었어요. 돼지는 자꾸만 늘어나는 엑스 표시를 볼 때마다 마음이 점점 더 무거워졌어요. 이제는 자기보다 다른 동물들이 부리를 더 싫어하는 것 같았어요.

찜찜한 마음에 돼지는 오늘도 아침부터 카페를 쓸고 닦았어요. 어느덧 해가 머리 위까지 떠올랐어요. 꼬르륵.

돼지 배에서 소리가 났지요.

'벌써 점심때잖아? 어디 나가서 맛있는 거나 사 먹어야겠다.'

돼지는 침팬지네 국수 가게로 갔어요. 배가 고파 걸음은 점점 더 빨라졌죠. 그런데 달려가던 돼지가 침팬지네 가게 앞에서 우뚝 멈춰 섰어요. 침팬지네 가게 문에 빨간색으로 이런 글자가 쓰여 있었거든요.

꼬리 X

팔랑거리던 돼지 꼬리가 쭈뼛하고 섰어요.

"꼬리 엑스? 대체 이게 무슨 소리야?"

돼지는 두 눈을 비비고 다시 한번 대문을 보았어요. 하지만 분명했어요. '부리 엑스'도 아니고 '꼬리 엑스'라니. 이건 난생처음 보는 엑스였어요. 돼지는 대문 귀퉁이를 살짝 밀어 문을 열어보았어요. 왠지 빨간 엑스 자는 만지면 안 될 것 같았어요.

문이 열리자 침팬지가 양팔로 엑스 자를 만들며 돼지 앞을 막아섰어요.

"꼬리 엑스. 꼬리가 있는 동물은 못 들어와."

"그게 대체 무슨 말이야? 꼬리가 뭐 어때서?"

하지만 돼지는 그렇게 말하면서도 꼬리를 동그랗게 말아 엉덩이에 딱 붙였어요. 앞에서 보면 꼬리가 보이지 않도록 말이죠. 침팬지가 팔짱을 끼며 말했어요.

"어제 공작새가 자기네 서점에 '검은 털 엑스' 표시를 했어. 곰이 자기네 세탁소에 '부리 엑스' 표시를 했

다면서 말이야.”

"공작새가? 검은 털 엑스?”

돼지 가슴에 커다란 돌덩이가
쿵 내려앉은 것 같았어요.
숲속에 이상한 엑스 표가
새롭게 생겨나고 있었어요.
침팬지가 계속 말을 이었
어요.

"그래, 검은 털 엑스. 공작새 서점은 숲속 마을에서 내가 제일 자주 갔을걸. 내가 산 책들만 해도 미루나무 키만큼은 쌓일 거야. 그런데도 공작새는 꽁지깃을 펼치며 서점 문을 막았어. 나는 정말 화가 났어. 이제 꼬리가 있는 동물은 보기도 싫을 정도야."

그래서 침팬지는 집으로 오자마자 대문에 엑스 표를 쳤어요. 바로 '꼬리 엑스'였어요.

어쩔 수 없이 돼지는 침팬지네 국수 가게에서 돌아설 수밖에 없었어요. 돼지는 동그랗게 말린 자기 꼬리를 쳐다보았어요. 나쁠 것도, 좋을 것도 없는 그냥 꼬리일 뿐이었어요.

돼지 배에서 또 꼬르륵 소리가 났어요. 마침 돼지 눈앞에 건너편 메뚜기네 사탕 가게가 보였어요.

'배가 너무 고프니 사탕이라도 먹어야겠다.'

돼지는 메뚜기네 사탕 가게로 갔어요. 그런데 대문을 열자마자 이번엔 메뚜기가 가느다란 다리로 엑스 자를 만드는 게 아니겠어요?

"분홍색 엑스. 넌 못 들어와. 대문에 쓰여 있는 것도 못 봤어?"

돼지는 다시 밖으로 나와 메뚜기네 작은 대문을 살펴보았어요. 들어올 땐 너무 작아 못 봤는데 대문 밖엔 분명 콩알만 한 글씨로 이렇게 쓰여 있었어요.

분홍색 X

돼지의 분홍 털이 쭈뼛 섰어요. 꼬리 엑스도 모자

라 이번엔 분홍색 엑스라니요. 이건 정말 말도 안 되
는 것 같았어요.

하지만 이번에도 어쩔 수 없었어요. 메뚜기는 홍학
한테 화가 나 있었어요. 홍학이 자기네 소아과에 '초
록색 엑스' 표를 해 놨기 때문이에요. 메뚜기는 배탈
이 났는데도 약을 못 먹어 고생했어요. 그 후로 메뚜
기는 똑같이 대문에 분홍색 엑스라고 썼어요.

"이건 말도 안 돼. 난 아무 잘못도 없는데."

"그래도 어쩔 수 없지. 난 이제 분홍색은 보고 싶지

도 않다고. 홍학도 개구리한테 화나서 그랬다고 했어. 개구리 옷 가게에 '부리 엑스'가 쓰여 있었다나."

돼지는 가슴에 커다란 돌덩이가 또 하나 쿵 떨어진 것 같았어요. 결국 모든 건 자기가 만든 '부리 엑스' 때문이었어요.

돼지는 숲길을 따라 계속 걸었어요. 숲속에는 '꼬리 엑스', '분홍색 엑스' 말고도 다른 엑스들이 많았어요. '발굽 엑스', '다리 엑스' 등 모두 돼지를 막아서는 엑스들이었어요.

돼지는 걷다, 걷다 마을이 시작되는 숲길 앞에 도착했어요. 숲길 입구에는 큰 표지판이 있었어요.

사냥꾼 X

'나는 사냥꾼 같은 못된 악당도 아닌데.'

돼지 눈에서 눈물 한 방울이 톡 떨어졌어요. 빨간 엑스가 돼지 가슴을 콕콕 찌르는 것 같았어요.

엑스 엑스

숲속에는 날마다 엑스 표가 하나둘씩 늘어났어요. 코알라네 유치원엔 엑스 표가 두 개나 달렸고, 하마 네 수영장엔 자그마치 다섯 개나 있었어요. 처음 엑 스 표가 생겼을 땐 서로 으 르렁거리던 동물들이 엑스 표가 늘어날수록 오히려 잠잠해졌어요. 기분 나쁜 일이 생기면 그냥 대문

초록색 X
더듬이 X
날개 X
검은 털 X

앞에 엑스 표를 늘릴 뿐이
었어요. 동물들은 대부분
온종일 집에서만 지냈어요.
나와 봤자 들어갈 곳을 찾는 것도 어려웠거든요.

그러던 어느 날이었어요.
딩동딩동.
돼지네 카페 초인종이 울렸어요. 돼지네 카페에 누

가 찾아온 건 정말 오랜만이었어요. 돼지는 반가운 마음에 달려 나가 대문을 열었어요. 하지만 카페를 찾아온 건 손님이 아니었어요.

"페인트 배달 왔습니다."

페인트 가게 코뿔소 사장이었어요. 코뿔소 사장 뒤에는 커다란 수레가 있었어요. 수레 안에는 빨간색 페인트가 산더미처럼 쌓여 있었어요. 요즘 코뿔소 사장은 날마다 페인트 배달을 하느라 바빴어요. 너도나도 대문에 엑스 표시를 하느라 페인트가 필요했기 때문이에요. 코뿔소네 빨간 페인트는 이제 없어서 못 팔 정도였어요. 반가움에 바짝 섰던 돼지 꼬리가 아래로 축 처졌어요.

"전 페인트 시킨 적 없는데요."

코뿔소 사장이 주문서를 확인하더니 말했어요.

"아이고! 내가 주소를 잘못 찾아왔구먼. 그래도 이왕 내가 온 김에 그냥 하나 더 장만해 놓지 그래."

코뿔소 사장은 페인트를 들이밀며 끈질기게 늘어졌어요. 조금이라도 발품을 아끼고 싶었기 때문이에요. 요즘 동물들은 직접 가게에 오지 않고 대부분 배달 주문을 했으니까요. 나와 봤자 다른 할 일도 없었고, 코뿔소네 대문에도 엑스 표가 네 개나 있어 들어가기 힘들었거든요. 돼지는 문고리를 잡아당기며 말했어요.

"저는 정말 필요 없어요."

그런데 돌아서려던 코뿔소 사장이 돼지네 대문을

다시 보고는 깜짝 놀라며 말했어요.

"아니, 지금 보니 여기가 바로 돼지네 카페였구먼.
안 그래도 꼭 한 번 만나서 인사를 하고 싶었는데 말
이야. 정말 고마워. 우리 페인트가 이렇게 잘 팔리는
건 모두 자네 덕분이야."

코뿔소 사장이 돼지 손을 부여잡았어요. 이 모든 건 맨 처음 돼지가 엑스 표를 만들었기 때문이라고 했어요. 돼지는 코뿔소 사장 손을 뿌리치며 대문을 힘껏 당겼어요.

"저 때문이 아니에요."

정말이었어요. 돼지는 빨간 엑스 하나가 숲을 이렇게 바꿔 놓을 줄은 상상도 못 했어요. 돼지네 대문이 거의 닫힐 때쯤이었어요. 문틈으로 페인트 한 통이 데굴데굴 굴러왔어요.

"고마워서 공짜로 주는 거니까 한번 써 봐. 써 볼수록 좋다고."

대문 밖으로 드르륵드르륵 수레바퀴 소리가 멀어져 갔어요. 돼지는 발 앞으로 굴러온 빨간 페인트를 보며 생각했어요.

'도대체 뭐가 좋다는 거야? 페인트가? 엑스 표가?'

돼지는 창밖으로 숲을 내다보았어요. 조용한 거리

는 어딜 봐도 엑스 표로 가득했어요. 돼지는 시끌벅
적했던 예전의 숲이 그리웠어요. 가끔은 서로 삐지고
싸울 때도 있었지만 그래도 함께 지내는 게 더 좋았
어요. 돼지는 빨간 페인트를 보다 소리쳤어요.

"엑스 표는 싫어. 정말 싫다고!"

돼지는 코뿔소 아저씨가 준 빨간 페인트에 붓을 담
갔어요. 그리고 대문에 커다랗게 적었어요.

부̶리̶ X

돼지네 '부리 엑스' 표시가 커다란 엑스 엑스로 가려
졌어요. 이제 돼지네 대문에는 빨간 엑스 두 개가 크
게 쓰여 있었어요. 돼지는 대문을 쾅 닫았어요. 헐거
워진 문고리 탓에 문이 다시 열렸지만, 돼지는 아무것
도 모르고 카페 구석 쪽방으로 들어갔어요.

새로운 엑스

돼지는 소란스러운 소리에 잠에서 깼어요. 달각달
각 그릇 부딪히는 소리, 왁자지껄 떠드는 소리, 깔깔
대며 웃는 소리가 한꺼번에 들렸어요.

'이게 대체 무슨 소리지?'

돼지는 방문을 벌컥 열었어요. 그런데 세상에, 이게
다 무슨 일이죠? 카페에 숲속 동물들이 모두 모여 있
었거든요. 소파에선 사슴들이 수다를 떨고, 의자에선
양이 책을 읽고 있었어요. 보드게임을 하던 사슴이랑

62

토끼가 돼지를 보고 반갑게 손을 흔들며 말했어요.

"돼지야, 언제 왔어?"

"네가 문을 열어 놨기에 먼저 들어와 있었어."

돼지는 꿈을 꾸는 것 같았어요. 활짝 열린 대문에서 따뜻한 봄바람이 불어왔어요. 돼지가 어리둥절한 채 카페를 둘러보는데, 문밖에서 오리 가족이 웅성거리는 소리가 들렸어요.

"엄마, 엑스 엑스가 도대체 무슨 뜻이에요? 설마 엑스가 없다는 뜻일까요?"

"에이, 설마."

"하지만 '부리 엑스' 표시도 사라졌는걸요."

"정말 그렇네. 그럼, 우리도 같이 놀 수 있는 건가?"

"그런 것 같아요. 얼른 들어가 봐요!"

돼지는 그제야 어떻게 된 일인지 알 것 같았어요. 문까지 활짝 열려 있었으니 그렇게 생각할 만도 했어요. 돼지는 대문에 그려진 엑스 표 두 개를 보며 생

각했어요.

'그런 뜻은 아니었는데.'

하지만 돼지는 동물들을 쫓아내고 싶지 않았어요. 숲속 마을이 오랜만에 왁자지껄했어요. 돼지는 이렇게 시끄러운 게 더 좋았어요. 그런데 그때, 창밖으로 작고 동그란 뒤통수가 보였어요. 돼지는 뒷모습만 보고도 누구인지 단번에 알아챌 수 있었어요. 바로 딱따구리였어요. 딱따구리는 돼지네 카페 문 앞을 서성거리고 있었어요. 돼지는 얼른 대문을 열고 뛰어나갔어요.

딱따구리는 돼지와 눈이 마주치자 허겁지겁 돌아섰어요. 그런데 웬일인지 돼지가 황급히 딱따구리를 붙잡았어요.

"딱따구리야, 잠깐만!"

하지만 돼지는 막상 딱따구리를 불러놓고는 한참 동안 머뭇거렸어요. 뭐라고 먼저 말해야 할지 떠오르

지 않았거든요. 돼지랑 딱따구리는 엑스 표가 가득한
거리에서 한동안 서 있었어요. 그런데 문득 그 엑스
표를 보자 돼지 머릿속이 번쩍했어요.

"그러니까 그게 말이야, 내가 하고 싶은 말은 바로
이거야!"

돼지가 두 팔과 다리를 크게 벌렸어요. 돼지 몸이
완벽한 엑스 자가 되었어요. 카페 안에 있던 동물들

도 돼지의 커다란 엑스 자를 보았어요.

"어떡해. 돼지가 엑스 표를 만들었어."

"그럼, 누군가 또 나가야 하는 거야?"

동물들은 가슴이 조마조마했어요. 또다시 심심하고, 재미없어지는 건 상상도 하고 싶지 않았어요. 딱따구리가 고개를 푹 수그리며 말했어요.

"알아, 엑스인 거. 그냥 난, 생각해 보니 미안하단 말을 하고 싶어서……."

그런데 그때였어요. 돼지가 싱긋 웃으며 이렇게 말하는 게 아니겠어요?

"아니, 아니. 부리 엑스가 아니야. 이건 그냥 쪼기 엑스라고."

"쪼기 엑스?"

딱따구리가 고개를 갸웃거렸어요.

"쪼는 건 엑스지만 딱따구리 넌 언제나 동그라미란 뜻이야!"

돼지 말에 딱따구리 얼굴에 웃음이 번졌어요. 벚꽃보다 더 환한 미소였어요. 카페에 있던 동물들도 말했어요.

"아하, 쪼기 엑스!"

"그것참 좋은데."

그런데 활짝 웃던 딱따구리 얼굴이 금세 다시 어두워졌어요.

"하지만 내가 또 쪼기 엑스를 못 지키면 어쩌지."

그러자 돼지가 딱따구리에게 손을 내밀었어요. 돼지 손에는 작고 말랑한 무언가가 있었어요. 바로 풍선껌이었지요.

딱따구리는 돼지가 건네준 쫄깃한 풍선껌을 입에 넣고 씹었어요. 달콤한 향기가 코끝까지 전해졌어요. 껌을 씹고, 풍선을 부는 동안 딱따구리는 쪼고 싶은 생각이 흙먼지만큼도 안 들었어요. 쪼기 엑스를 지키는 건 하나도 어렵지 않았어요.

그날 이후 페인트 가게 코뿔소 사장은 전보다 훨씬 더 바빠졌어요. 동물들이 대문을 새로 칠해야 했기 때문이에요.

이제 대문 앞에 필요 없는 엑스들은 하나둘씩 지워졌어요. 동물들은 모두 새로운 색깔들로 대문을 단장

했지요. 꽃들도 질세라 알록달록 예쁜 꽃을 피웠어요.

오늘도 숲속 카페는 시끌벅적했어요. 정말 완벽하
게 시끄러운 봄날이었어요.

작가의 말

어제보다 좋은 길을 찾아가길 바라요

우리 주변에는 수많은 엑스가 있어요. 우리는 하루에도 몇 번씩 엑스 앞에 가로막히거나 내가 먼저 엑스를 그리기도 해요. 그런데 어쩌면 여러분은 한 번도 엑스를 본 적이 없다고 말할지도 몰라요. 그건 이미 엑스가 우리 삶 속 아주 깊이 은밀하게 숨어 있기 때문이에요.

'부리 엑스'는 어느 날 숲속 마을에 찾아온 '빨간 엑스'에 관한 이야기예요. 그리고 앞으로 숲속 마을에 찾아올 여러 가지 일 중 첫 번째 이야기이기도 하지요.

이 글이 나오기까지 도움을 주신 많은 분들이 있어요.

저에게 엑스의 존재를 알려 주신 열매님, 거친 글을 따뜻하게 다듬어 주신 주니어김영사 편집부 식구들, 예쁜 그림으로 글에 생기를 더해 주신 그림 작가님 감사합니다.

그밖에 수많은 도움의 손길이 있었기에 부리 엑스가 무딘 저의 손에서 나올 수 있었어요.

이 글을 쓰는 저는 여전히 숲속에서 일어나는 여러 가지 사건 앞에 고민이 많아요. 어느 것이 정답인지, 과연 딱 떨어지는 정답이 존재하는 것인지 매일 고민하고, 또 고민합니다.

저는 이제 그 고민을 여러분과 함께하려고 합니다. 앞으로 펼쳐질 숲속 이야기를 통해 여러분이 어제보다 더 좋은 길을 찾아내길 기대합니다.

주봄